L'APOTHÉOSE

D'HERCULE.

Composition de M. Germain Quériau,
maître de ballet au Théâtre de Marseille;

Musique composée et arrangée par M***;

Costumes de M. Miennay.

L'APOTHÉOSE

D'HERCULE,

BALLET PANTOMIME EN TROIS ACTES.

*Représenté pour la première fois, sur le Grand Théâtre
de Marseille, le 30 Décembre 1828.*

MARSEILLE,

TYPOGRAPHIE DE FEISSAT AÎNÉ, IMPRIMEUR
DE LA PRÉFECTURE ET DE LA VILLE,
RUE DE LA CANEBIÈRE, n° 19.

1828.

UTILITÉ

PRÉLIMINAIRE.

HERCULE est l'un des demi-dieux qui a été traduit le plus souvent sur la scène. Il y a paru sous les auspices de Melpomène, de Polymnie et de Terpsichore, et presque toujours avec succès. Les actions qu'offre l'histoire de sa vie sont toutes dramatiques et de nature à produire un grand effet théâtral. Je l'ai choisi de préférence à tout autre héros de la Fable, et par la raison que les sujets mythologiques sont pour les ballets ce que les sujets historiques sont pour la tragédie, il est permis au compositeur comme au poète de s'écarter quelquefois de la vérité : licence dont j'ai usé, en substituant

Hercule à Thésée, qui descendit aux Enfers avec Pirithoüs pour l'aider à enlever
Proserpine ; mais Pirithoüs fut dévoré par le
chien Cerbère, et Thésée fut condamné par
Pluton à être attaché à une pierre. Il y de-
meura jusqu'à ce qu'Hercule, envoyé par
Euristhée, vint le délivrer. C'est la seule in-
novation qu'on trouvera dans mon ouvrage,
où, dans tout le reste, la vérité mythologique
est scrupuleusement observée.

Cette composition chorégraphique rap-
pelle ceux des travaux d'Hercule que la Fable
donne comme les plus difficiles et les plus
fameux, et la scène présentait des obstacles
à leurs développemens : obstacles que j'ai
essayé de surmonter par la pompe et la ri-
chesse du spectacle.

Heureux si mes efforts à rendre cet ouvrage digne d'un Public connaisseur méri-
tent ses suffrages ! Déjà mes concitoyens ont
protégé mes premiers essais, et je m'em-

presse de leur prodiguer, dans cette cir-
constance, des témoignages éclatans de ma
profonde gratitude, et de leur déclarer que
si j'obtiens quelques succès dans la carrière
difficile où je suis entré en éprouvant la
crainte qui naît de cette modestie, apanage
ordinaire de l'artiste qui apprécie les diffi-
cultés de l'art, que si j'obtiens, dis-je, quelques succès, mes concitoyens en auront la
gloire, puisque je les devrai à leur encou-
ragement et à leur bienveillance.

DISTRIBUTION.

HERCULE.............M. QUÉRIAU.

PIRITHOÜS...........M. ARNAUD.

PHILOCTÈTE..........M. CHARLES.

LYCAS...............M. JANSOLIN.

PLUTON..............M. MARION.

DÉJANIRE............Mme LILLI-SIMON.

IOLE................Mme CŒLINA.

HÉBÉ...............Mme CHATEAU.

PROSERPINE..........Mme BONARD.

DIVINITÉS DE L'OLYMPE.

DANSES.

ACTE PREMIER.

PAS D'ENSEMBLE,

Par Mmes Cœlina, Tonine, Héléna, Clarice et
Clara.

PAS DE TROIS,

Par M. Charles et Mmes Cœlina et Chateau.

FINALE D'ENSEMBLE,

Par les Principaux Sujets et le Corps de Ballet.

COMBAT

Entre Hercule, l'Hydre du marais de Lerne et
les Furies.

ACTE II.

PAS DE DEUX,

Par M. Castillon et Mme Cœlina.

2

ACTE III.

PAS DES NEUF MUSES,

Par les Principaux Sujets du Ballet.

PAS DE QUATRE :

Apollon et les trois Graces.

PAS DE TROIS,

Par M. Quériau , Mmes Chateau et Héléna.

FÊTE GÉNÉRALE.

APOTHÉOSE D'HERCULE.

Le Théâtre représente successivement l'une des salles du Palais de Pirithoüs, les Enfers, une Campagne, le Temple de l'Hymen et l'Olympe, lieux où se passe la scène.

L'APOTHÉOSE
D'HERCULE,

BALLET PANTOMIME EN TROIS ACTES.

ACTE PREMIER.

(Le Théâtre représente l'une des salles du Palais de Pirithoüs. On voit la statue de Proserpine à gauche.)

SCÈNE PREMIÈRE.

Pirithoüs, en proie à la plus violente passion, exprime l'amour qui l'embrase avec la plus extrême chaleur ; il fait brûler de l'encens au pied de la statue de Proserpine, et forme l'audacieux projet de descendre dans les Enfers et de pénétrer jusqu'au palais de Pluton, pour enlever la Déesse qui a triomphé de sa raison.

SCÈNE II.

Iole, instruite du projet insensé de Pirithoüs, lui fait de vives représentations, et le presse pour lui faire changer de résolution, mais en vain.

SCÈNE III.

On entend une marche guerrière et triomphale
dans le lointain. Pirithoüs, surpris, ordonne à
ses gardes d'approcher, et demande à l'un d'eux
la cause de ces marques de contentement.
On lui apprend qu'Hercule entre dans la ville,
et que c'est à cette occasion que les témoignages
de l'allégresse publique ont lieu ; Pirithoüs se livre à la joie, donne des ordres pour qu'on re-
çoive son ami d'une manière brillante, et mani-
feste le désir d'aller au-devant de lui.

SCÈNE IV.

Hercule, Philoctète, Lycas et Déjanire, ac-
compagnés du peuple, surviennent. Hercule se
jette dans les bras du fils d'Ixion, lui prodigue les
plus tendres embrassemens, lui annonce qu'il
s'est rendu dans son palais pour se reposer, pen-
dant quelque temps, de ses nombreux et terribles
travaux. Pirithoüs, par des démonstrations vives
et affectueuses, fait connaître combien il est ravi
de la résolution et de la visite d'Hercule; il veut
que sa venue soit célébrée par des réjouissances
et des fêtes, et après qu'il en a prescrit les pré-
paratifs, il présente sa fille à son hôte, qui est
frappé de sa grande beauté. Les charmes d'Iole

produisent sur lui un trouble qu'il ne peut
s'empêcher de laisser percer à travers le sen-
timent qu'il éprouve et qui se peint dans toute
sa physionomie.

SCÈNE V.

La scène est remplie de personnages richement
parés ; on exécute un divertissement , où Iole
développe autant d'élégance que de grace , et
achève d'enflammer le cœur d'Hercule. Pirithoüs,
tout à son amour, prend très-peu de part à la
fête , et ne cesse de porter ses regards et ses pas
vers la statue de Proserpine , en faisant com-
prendre que le projet qu'il médite d'aller aux
Enfers, pour triompher des obstacles qui s'op-
posent à l'accomplissement de ses désirs , prend
plus de force dans son esprit , et qu'il est résolu
à l'exécuter. (*Il sort.*)

SCÈNE VI.

Le divertissement est devenu général , ce qui
a facilité la sortie de Pirithoüs ; mais Iole s'aperçoit bientôt de l'absence de son père , elle en
soupçonne le motif et en fait part à Hercule ,
qui, touché des larmes de la fille de Pirithoüs, fait
serment de suivre son téméraire ami jusque dans
les Enfers, et de le rendre à la princesse et au peu-

ple affligé, qui implore le courage du demi-dieu
qui doit le jour au maître du tonnerre.

SCÈNE VII.

(*La Scène change et représente le vestibule du
Palais de Pluton sur le devant. On voit
les Enfers dans le fond. Danaüs est dévoré
par un vautour, et son supplice est sans fin;
Ixion est attaché avec des serpens à une roue
qui tourne continuellement, et Sisyphe roule
un rocher du bas d'un mont en haut sans pou-
voir le fixer au sommet.*)

Pluton et Proserpine considèrent ces malheu-
reux, condamnés à des supplices éternels, avec
une espèce d'orgueil, parce qu'ils voient dans
chacune de ces victimes une preuve de leur
puissante domination.

SCÈNE VIII.

Mégère vient annoncer à Pluton que Pirithoüs
est descendu vivant dans les Enfers. Pluton,
étonné de cette témérité, ordonne que l'audacieux soit amené devant lui.

SCÈNE IX.

Pirithoüs paraît devant son juge avec fierté; il

ne dissimule pas le dessein qu'il avait de ravir Proserpine à son époux. Le Monarque du noir empire, outré de colère, livre Pirithoüs aux Furies, qui lui font éprouver des tourmens affreux, et qui terminent leurs persécutions en l'enchaînant au pied d'une colonne, où il doit demeurer éternellement assis.

SCÈNE X.

Un grand tumulte se fait entendre, les voûtes des enfers en retentissent et en sont ébranlées ; les Démons, poursuivis par Hercule, traversent la scène épouvantés. Pluton, troublé lui-même, veut s'opposer à Hercule et lance contre ce redoutable adversaire l'Hydre du marais de Lerne. Hercule le terrasse ; mais ce serpent, jusqu'alors indompté, renaissant à mesure qu'il est frappé mortellement, s'entrelasse autour du corps du héros ; les Furies environnent les deux combattans, et Hercule jugeant l'inégalité de cette lutte, se saisit d'un immense rocher qu'il jette avec force contre ses ennemis, qui sont écrasés ou engloutis par le poids de cette énorme masse.

Hercule aperçoit enchaîné au pied de la colonne Pirithoüs, qui implore son secours. En vain Pluton veut mettre obstacle à la délivrance de son captif, Hercule triomphe, et le force à le

lui rendre. Les Furies reviennent pour attaquer
de nouveau Hercule et venger Pluton ; mais le
fils de Jupiter se saisit de son ami, le place sur
ses épaules, écarte les Furies et les Démons en
les combattant, et sort vainqueur des Enfers,
avec son honorable et glorieux fardeau.

FIN DU PREMIER ACTE.

ACTE SECOND.

(Le Théâtre représente un Désert, et dans le fond on voit l'ouverture de la caverne qui conduit aux Enfers.)

SCÈNE PREMIÈRE.

Le peuple adresse des vœux aux Immortels en faveur de son Roi.

SCÈNE II.

Un bruit tumultueux annonce l'arrivée d'Hercule, qui, ayant triomphé des forces et des obstacles qu'il a rencontrés dans les Enfers, ramène Pirithoüs au milieu de son peuple.

Iole se précipite dans les bras de son père ; elle témoigne sa reconnaissance à Hercule, qui, pour prix de l'important service qu'il vient de rendre à son ami, lui demande la main de la Princesse. Par suite du consentement que lui accorde Pirithoüs, Hercule répudie Déjanire, et les deux illustres amans et leur brillant cortége sortent pour aller célébrer le glorieux hyménée.

SCÈNE III.

Déjanire, demeurée seule, laisse éclater son indignation et son désespoir. Elle se souvient du présent que lui avait fait le Centaure Nessus, en mourant frappé d'une flèche empoisonnée lancée par Hercule. Le Centaure assura à Déjanire que la tunique qu'il lui laissait aurait la vertu de rappeler Hercule, s'il voulait jamais s'attacher à quelqu'autre femme ; mais Nessus trompa Déjanire, et la tunique renfermait un poison aussi violent que subtil.

SCÈNE IV.

(*Le Théâtre représente un Champ.—On voit la mer dans le fond et le tombeau de Nessus à droite. — Le bas relief de cet édifice offre le tableau de la mort de Nessus.*)

Déjanire entre dans le tombeau, et elle en sort aussitôt avec la tunique empoisonnée, qu'elle remet à Lycas, en le chargeant de la porter de sa part à Hercule, comme un témoignage de son souvenir.

SCÈNE V.

(*Le Théâtre représente l'intérieur du Temple de l'Hymen.*)

Le peuple orne le temple de fleurs, et ma-
nifeste la satisfaction et la joie qu'il éprouve
de l'hymen qui va unir la fille de son Roi à un
héros ; il en félicite la Princesse.

SCÈNE VI.

GRAND DIVERTISSEMENT.

SCÈNE VII.

Les deux époux se présentent ; mais, avant de
parvenir jusqu'à l'autel, Hercule aperçoit le
jeune Lycas, qui lui remet la tunique comme un
présent que lui fait Déjanire ; Hercule l'accepte
et s'en pare ; à peine en est-il revêtu, que le
poison agit avec une extrême violence. Furieux
des douleurs qu'il éprouve, il se livre aux plus
affreux transports ; il menace tous ceux qui sont
autour de lui ; chacun fuit épouvanté. Philoctète
seul ne l'abandonne pas dans cette cruelle situa-
tion.

SCÈNE VIII.

Ne pouvant se dissimuler les approches de sa
mort, Hercule supplie Philoctète de dresser un
bûcher, pour que les flammes, en consumant
ce qu'il avait de mortel, le délivrassent des tour-

mens qui le dévoraient. Philoctète promet d'exécuter cette dernière volonté d'Hercule, et la re-
garde comme un pénible devoir de l'amitié.

SCÈNE IX.

(Le Théâtre représente la même décoration que
l'on a vue dans la quatrième scène.)

Philoctète gémit et déplore le sort d'Hercule,
et il s'occupe à remplir religieusement la pro-
messe qu'il lui a faite.

SCÈNE X.

Hercule, toujours agité , mais non dans le dé-
lire , paraît ; le tombeau de Nessus, qui frappe
ses regards, ne lui laisse aucun doute sur la cause
de sa mort. Lycas s'approche d'Hercule et essaie
de l'apaiser par des prévenances ; mais Hercule,
reprenant toute sa fureur , saisit Lycas par les
cheveux et le jette avec force dans la mer.

Le bûcher est dressé ; sa vue rend un peu de
calme à Hercule , qui demande pour dernier
service , à Philoctète , de l'allumer dès qu'il y
sera monté. Il dit adieu à son ami et lui confie
ses flèches. A peine Hercule est-il placé sur le
bûcher que les flammes consument ses restes
mortels.

SCENE XI.

Pirithoüs, Déjanire, Iole et le Peuple entrent avec précipitation. Ils manifestent leur douleur et leur désespoir. Une gloire éclatante environne Hercule ; elle perce les nuages qui sont autour de lui, et l'enlèvent vers les Cieux. Tout le monde se prosterne, et on rend au Héros le même hommage qu'aux Immortels.

FIN DU DEUXIÈME ACTE.

ACTE TROISIÈME.

(Le Théâtre représente l'Olympe.)

SCÈNE PREMIÈRE.

Les Divinités de l'Olympe sont assemblées.

SCÈNE II.

Mercure se présente immédiatement et annonce la mort d'Hercule. Jupiter déclare que sa volonté est d'élever Hercule au rang des Dieux. Tous les Immortels , excepté Junon , partagent et applaudissent à cette résolution. L'opposition de cette Déesse a assez de force pour que le Destin soit consulté et prononce entre elle et les autres Divinités. Le Destin se déclare en faveur d'Hercule.

SCÈNE III ET DERNIÈRE.

Hercule , entouré par des nuages qui se dissipent , se présente devant les Immortels. Le premier de ses soins est de déposer sa massue aux pieds de sa marâtre , qui, touchée de cet acte de soumission et à la sollicitation de toutes les autres Divinités, oublie son ressentiment et consent à l'hymen d'Hercule avec Hébé, déesse de la Jeunesse.

FÊTE GÉNÉRALE.

FIN DU BALLET.

www.ingramcontent.com/pod-product-compliance
Lightning Source LLC
Chambersburg PA
CBHW070911200626
46818CB00006BA/2479